Completamente diferente

Yanitzia Canetti

Ilustraciones
Ángeles Peinador

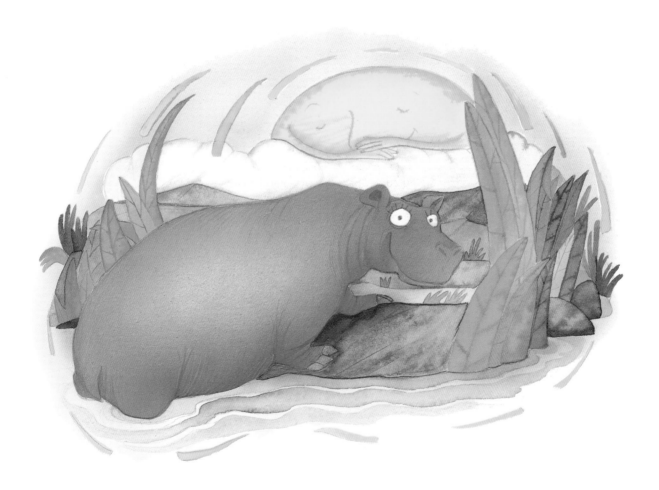

EDITORIAL EVEREST, S. A.

Bombolina era la hipopótamo más vieja de África.
Vivía sola cerca del río Nilo. Era enorme, azul, casi redonda…
y hermosa como ninguna. Por las mañanas chapoteaba en
el agua, por las tardes se sumergía, y cuando el sol se iba a
dormir tras una mullida nube, Bombolina se iba a la orilla,
cerraba sus ojos y soñaba a rienda suelta.

Soñaba que el mundo era enorme, azul, casi redondo
y hermoso como ella…

Cada amanecer era más bello que el anterior. Los rayos
multicolores del sol se zambullían en las aguas del Nilo
y formaban destellos dorados, como estrellitas a plena luz.
Bombolina bostezaba, daba los buenos días al nuevo día
y se metía lentamente en el agua.

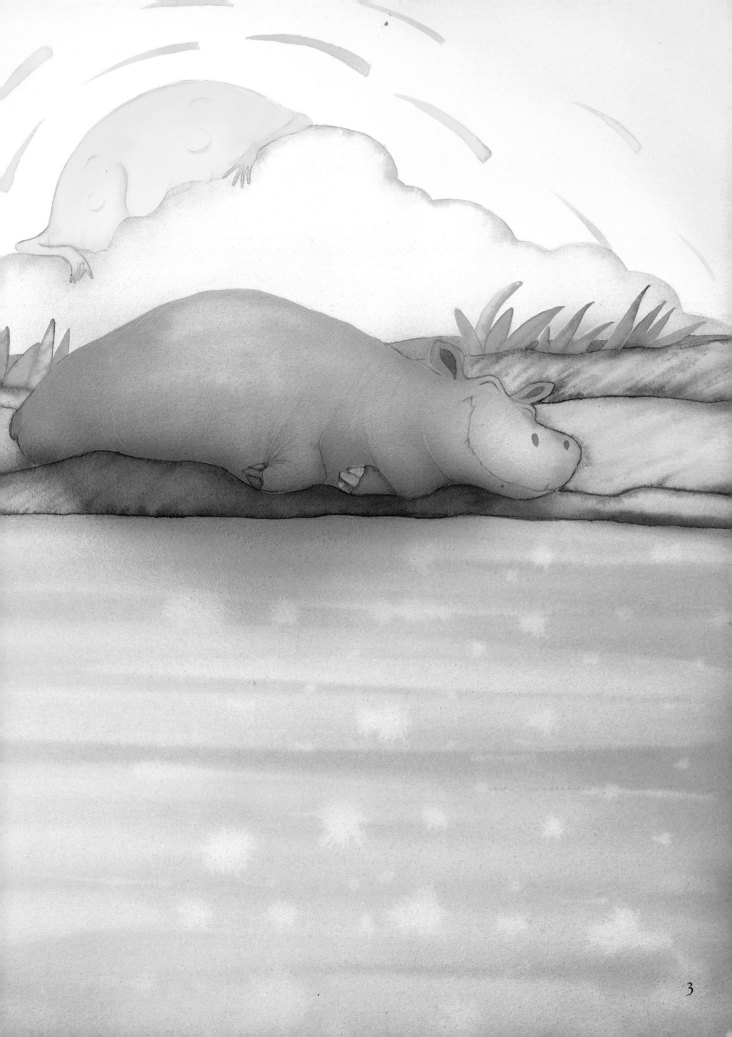

Un día, Bombolina quiso tener amigos. Siempre había
estado sola. Nadó y nadó con la corriente hasta llegar
a un claro de la selva.

¡Qué maravilloso lugar!
Árboles de todos los tamaños
y formas, con hojas finas o gruesas,
de tallos corpulentos o delgados,
grandes, medianos o pequeños,
altos o bajitos,
frondosos o sin hojas,
pero todos hermanados por lianas,
enredaderas o raíces.

También había flores
de todos los colores y formas:
amarillas, rojas, anaranjadas…
y hasta azules como ella.
El sol filtraba sus rayos
entre las hojas
y hacía que todo brillara
entre claridad y sombra.

Bombolina sentía una enorme libertad en aquel nuevo lugar:
había mil cosas diferentes en un mismo sitio.

Pronto comenzaron a aparecer
muchos animales,
muchísimos. Cada vez más y más.
Unos se arrastraban por el suelo,
otros venían por el aire,
otros se asomaban entre los árboles
y otros saltaban de un árbol a otro.
Unos eran muy peludos,
otros llevaban plumas,
otros tenían escamas,
otros la piel lisa
y otros la piel rugosa.

Unos eran verdes,
otros amarillos,
otros rosados.
Unos eran rayados, otros con lunares,
otros moteados o con los más diversos diseños.
Cada uno tenía una forma diferente,
pero todos eran igualmente hermosos.

Bombolina se sintió el animal más feliz de la Tierra.
Había encontrado un lugar lleno de amigos.

Todos los animales rodearon a Bombolina.
Nunca habían visto una hipopótamo, y mucho menos
azul. Ella era completamente diferente.

—Y tú, ¿quién eres? —preguntó
un prepotente mandril.

—Una hipopótamo —dijo
Bombolina, sonriente.

—Ya lo ves, eres UNA hipopótamo
—le dijo el mandril—.
Tendrás que ir con las que son
hembras como tú:
las leonas, las tigresas, las caimanes,
las orangutanes y las demás.

Así fue como los animales se dividieron en dos grupos:
los machos y las hembras.
Bombolina se fue con el grupo de las que eran hembras como ella.
"Bueno", pensó Bombolina, "somos menos que antes,
pero aún somos bastantes".

Pero un día en que todas conversaban
sobre sus gustos y preferencias, algunas notaron
que Bombolina era demasiado común,
no tenía la elegancia del ave del paraíso,
ni el refinamiento del ave de lira,
ni el linaje y la distinción de la leona,
ni la finura de la tigresa.
Más bien era sencilla y amistosa…
demasiado sencilla para las que se
consideraban mucho más importantes
y distinguidas dentro de las hembras
del reino animal.

—Ya lo ves —le dijo una arrogante leona—.
Tendrás que ir con las que son comunes y corrientes como tú:
las monas, las serpientes, las hienas, las cebras y las demás.

Así fue como las hembras se dividieron en dos grupos:
las más refinadas y las más corrientes.

"Bueno", pensó Bombolina, "somos menos que antes,
pero aún somos bastantes".

Pero un día en que todas hacían maromas en las extensas llanuras que rodeaban la selva, algunas notaron que Bombolina, a pesar de su energía y buen carácter, no era tan joven como aparentaba.

—Ya lo ves —le dijo una cebrilla de apenas dos años—. Tendrás que ir con las que son viejas como tú.

—Pero si yo tengo apenas 90 años. Me siento joven —protestó Bombolina.

—Qué más da —insistió la cebrilla—. De cualquier manera, no eres igual que yo. Tenemos edades diferentes. Eso es suficiente para que yo me reúna con las de mi misma edad y tú te vayas con las que son mayores.

Así fue como las hembras más corrientes se dividieron en dos grupos: las jóvenes y las viejas.

Bombolina se fue con el grupo de las que eran viejas como ella.

"Bueno", pensó Bombolina, "somos menos que antes, pero aún somos bastantes".

Pero un día en que todas
corrían alegremente
entre los árboles, algunas
notaron que Bombolina
era demasiado gorda
y un poco torpe.

Se trababa entre los árboles
y casi no podían destrabarla.

—¿Lo ves? —le dijo una mona
muy delgada y ágil—. Tendrás que ir
con las que son gordas como tú:
las rinocerontes, las elefantes,
las caimanes, las jabalinas y
otras gordas por el estilo.

Así fue como las hembras
más corrientes y viejas se dividieron
en dos grupos: las flacas y las gordas.
Bombolina se fue con el grupo de las
que eran gordas como ella.

"Bueno", pensó Bombolina,
"somos menos que antes, pero aún
somos bastantes".

Pero un día en que conversaban felizmente en las afueras
de la selva, en la vasta y placentera llanura africana, algunas
notaron que Bombolina tenía costumbres muy extrañas:
le gustaba comer algas, tenía una boca demasiado grande,
era capaz hasta de meterse bajo el agua y sacar sólo
la cabeza, se quedaba horas y horas mirando un simple
amanecer, era más bien callada y reflexiva
y, para colmo, soñaba con que la Tierra
era grande, redonda y azul como ella.

—¿Lo ves? —le dijo una orangután roja—.
No eres de la selva ni de la llanura como nosotras.
Tú eres de otro lugar y tienes costumbres diferentes
a las nuestras. Tendrás que ir con las de tu mismo
origen y que hagan lo mismo que tú: las hipopótamos.

Así fue como las hembras
más corrientes, viejas y gordas
se dividieron en varios grupos, según su origen
y costumbres. Bombolina fue caminando por la
orilla del río hasta que encontró a otras hipopótamos
viejas y gordas como ella. ¡Qué alegría!

"Bueno", pensó Bombolina,
"ya no somos tantas, pero aún somos unas cuantas".

Pero un día en que todas las hipopótamos del mismo origen, gordas y viejas, se sumergían en el agua, algunas notaron que Bombolina no era del mismo color que ellas… ¡era azul!

—¿Lo ves? —le dijo una enorme hipopótamo negruzca—. No eres del mismo color que nosotras. Eres completamente diferente. Tendrás que irte con alguna que sea azul como tú.

Así fue como las hipopótamos hembras más corrientes, viejas, gordas y del mismo origen, se separaron de Bombolina. "Bueno", pensó Bombolina con tristeza, "vuelvo a estar sola como al principio. Ya no queda nadie más. Soy completamente diferente a los demás".

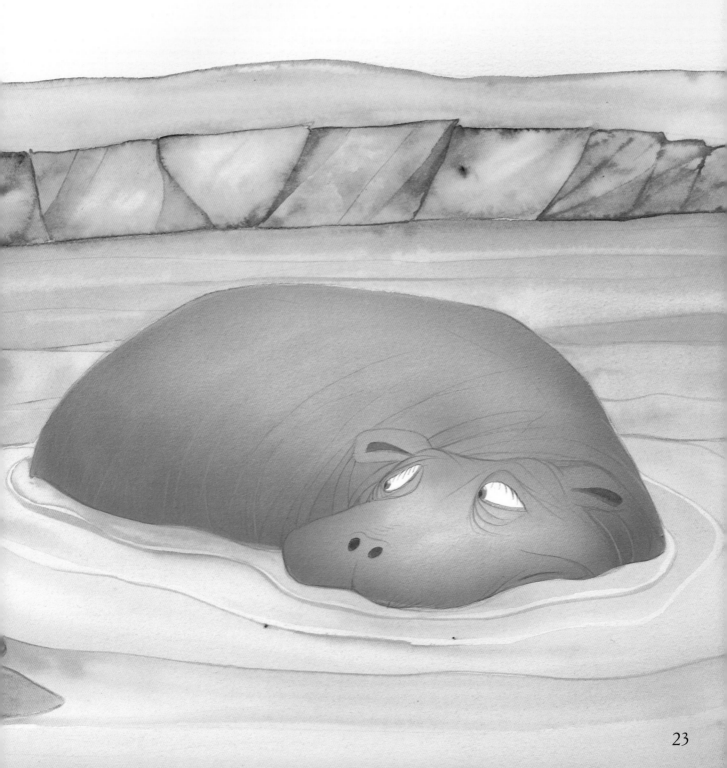

La hipopótamo se sentía tan triste y desdichada
que se echó a la orilla del río. De pronto, Bombolina
vio que en el agua había una hipopótamo idéntica a ella.

Tenía sus mismas orejas, sus mismos ojos, la misma
boca grande, las mismas piernas cortas y la misma cola
delgada. Era grande, gorda, hermosa y ¡azul! como ella.
Al menos, ahora eran dos.

Durante horas, Bombolina estuvo mirando a la hipopótamo
que estaba reflejada en el río. Cuando ella sonreía, la otra
también sonreía. Cuando levantaba una pata,
la otra también lo hacía. No había duda, eran igualitas.

Y cuando más divertida estaba,
un pez deshizo la imagen
y se asomó en el agua.
   La imagen desapareció
y Bombolina se sintió tan desdichada
que empezó a llorar.
   —Ahora sí que estoy completamente sola.
Soy completamente diferente.
Soy completamente infeliz.

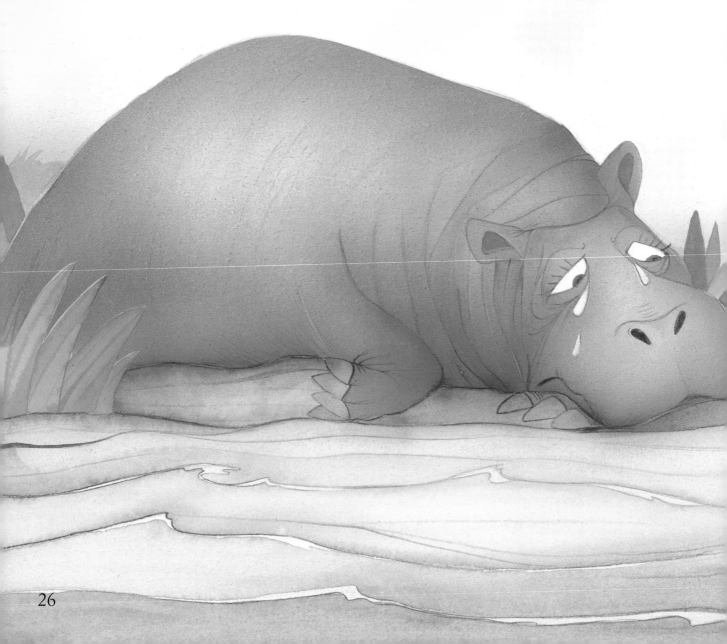

—¡Hola, amiga! —dijo el pez que se había
asomado en el agua—. ¿Quieres jugar conmigo?

Bombolina lo miró asombrada.

—No creo que podamos jugar. Nacimos en lugares diferentes,
hacemos cosas diferentes y somos completamente diferentes.

—Pero yo quiero jugar contigo —insistió el pez.

—Imposible —dijo Bombolina—.
Tú eres macho y yo soy hembra,
tú eres chico y yo soy grande,
tú eres delgadito y yo soy gorda,
tú eres jovencito y yo soy vieja,
tú nadas y yo ando a cuatro patas,
tú no puedes salir del agua y yo sí,
tú tienes escamas y yo tengo la piel rugosa,
tú eres un pez y yo soy una hipopótamo,
tú eres anaranjado y ¡yo soy azul!

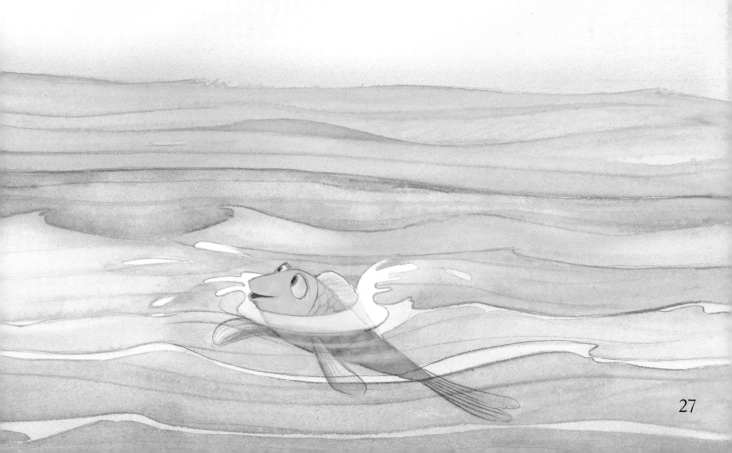

El pez se puso triste. Tenía muchos deseos de jugar
con la hipopótamo. Pero eso de ser tan diferentes era un
problema y había que resolverlo cuanto antes. De pronto,
se le ocurrió una idea estupenda.

—Oye, Hipo —dijo el pez—, en vez de pensar en las cosas
que tenemos diferentes y andar cada uno por su lado,
triste y sin amigos… ¿por qué no pensamos en las cosas
que tenemos en común?

—¿Cosas que tenemos en común? —repitió Bombolina—.
¡Eso, claro, sería fantástico!
Así podríamos unirnos en vez de andar separados…
Pero, ¿qué podemos tener tú y yo en común?

—Bueno, mmmm, ¡los dos somos animales!
En eso nos parecemos —gritó el pez.

—¡Sí… es verdad! —observó Bombolina.

—Los dos tenemos un TAMAÑO aunque no sea
exactamente el mismo —agregó el pez con entusiasmo—.

Tenemos una FORMA aunque no sea exactamente la misma.
Tenemos un ORIGEN aunque no sea exactamente el mismo.
Tenemos COSTUMBRES aunque no sean exactamente
las mismas.

—¡Y tenemos nuestro propio COLOR aunque no sea
exactamente el mismo! —añadió Bombolina.
—Y los dos podemos estar dentro del río
—dijo el pez, metiendo y sacando la cabeza del agua.
—¡Sí, sí! —gritó Bombolina—. ¡Yo puedo meter la cabeza
y nadar bajo el agua como tú! También en eso nos parecemos.

—Y a los dos nos gusta el agua, los amaneceres y estar contentos —dijo el pez, mientras los dos contemplaban un bello amanecer.

Luego, Bombolina y el pez comenzaron a saltar y a chapotear en el agua.

—¡Pues sí, tienes razón! —dijo Bombolina, con gran alegría—. Y a los dos nos gusta compartir. ¡Tenemos muchas cosas en común!

—Además —dijo el pez—, los dos queremos ser amigos, y eso es más que suficiente.